打開鐵閘的阻隔，傳承鄰舍精神

五六十年代的香港，正處於經濟起飛和人口膨脹時期，居民的生活相對樸素，鄰舍之間住得比較近，不介意打開鐵閘，彼交流互動頻繁，有時你幫下我，有時我幫下你，「遠親不如近鄰」正正是當時的生活寫照。

隨著時代變遷，居住環境大有改善，家家戶戶都關上大門和鐵閘，甚少機會碰面，現時向新生代說睦鄰關係，是否不合時宜？事實上，睦鄰關係對社區發展一直有重要意義，可以促進鄰舍間的和諧相處，亦可以加強互助合作，共同解決生活的瑣碎事甚至難題。

本會自2011年推動「鄰舍第一」社區計劃，至今已有逾3,000名14至35歲青年自發組成100支「鄰舍隊」，分布全港各區；透過社區關懷行動和創新服務，一方面培育他們的同理心和歸屬感，另方面促進和諧共融。

「打開鐵閘的阻隔」是「鄰舍第一」主題曲的歌詞，字裡行間帶出了鄰舍雖然近在咫尺，卻因為種種原因令大家都是陌生人。一場新冠疫情令大家喚醒了鄰里關係的重要，更認同鄰舍就是社區的最佳支援網絡。

此繪本是推動鄰舍精神的一項新嘗試，透過青年分享與鄰舍相處的經驗，一同創作書中主角小倫，以及其他角色在愛里邨一個「打開鐵閘」的經歷，原來只要放膽、主動踏出第一步，很多左鄰右里都會以善意相待。繪本插圖豐富，文字簡單易懂，希望能吸引青少年閱讀，同時成為家長和子女之間的溝通工具和話題。

我們深切祈盼獅子山下鄰舍第一的故事能夠繼續傳承，彰顯「鄰舍・一直都在」的精神。

何永昌先生，MH
香港青年協會總幹事
二零二三年七月

故事導讀

-------------------- 共讀建議 --------------------

【共讀前】

透過分享連結兒童之生活經驗

1. 你平日有否向鄰居打招呼?

2. 你都認識你的鄰居嗎?

3. 你理想中的鄰舍關係是如何的?

【共讀後】

透過討論,解說價值觀

1. 甚麼是遠親不如近鄰?

2. 你如果是鄰居姐姐,在雨天會主動
   與沒有雨傘的人分享雨具嗎?

3. 在你與鄰居之間,曾經有過特別的
   時刻嗎?可以形容一下那個時刻的
   情境和感受嗎?

4. 在書中你看到那些故事?從中收獲
   到甚麼?

5. 你覺得甚麼是好鄰居? 你如可才能
   夠成為一個好鄰居?

進行活動

1. 請父母或者其他長輩向兒童分享一些過去或現在關愛鄰里的
   經驗及感受。

2. 讓兒童學習主動關心、問候不認識之鄰居

故事簡介

鄰舍關係既近又遠，「好鄰舍」仿似已是八九十年代的集體回憶。部分人形容香港現今鄰舍關係不及從前，但經歷新冠疫情，相信又更多人認同「遠親不如近鄰」的重要。

《打開鐵閘》期望喚起大家記憶中的鄰舍情，傳承予下一代，令「鄰舍‧一直都在」。

本書故事中，愛里邨的居民，大家心底裡都期望能夠「打開鐵閘」的阻隔，但隨著時代及生活習慣轉變，冷漠的門鎖卻分隔了大家，令從前的鄰舍情感，逐漸在時空中消失。

其實，只要大家學習故事主角小倫能夠行出第一步，一齊主動「打開鐵閘」的阻隔，定能共建新世代獅子山下的鄰舍情。

家長、社工、教育工作者、鄰舍隊義工可以利用本書故事，引發兒童認識鄰舍關係，從細微處作出改變，由主動打招呼做起，打開自家的鐵閘，從小學習建立一個互相關愛與支持的重要鄰舍關係。

角色介紹

小倫(小學)

小倫(中學)

小倫父母

鄰居姐姐

陳生、陳太

大肚太太一家

打開鐵閘

第一部

誰也陌生，
容貌怎區分？

就讀小五的小倫與
父母終於獲派公屋。

房署來信通知我們
一家獲派公屋啦！

BISCUIT

終於來到搬遷日，愛里邨是
一個已有十多年歷史的屋邨。

幾日後……

經過走廊……

第二部

睦鄰引領也放心

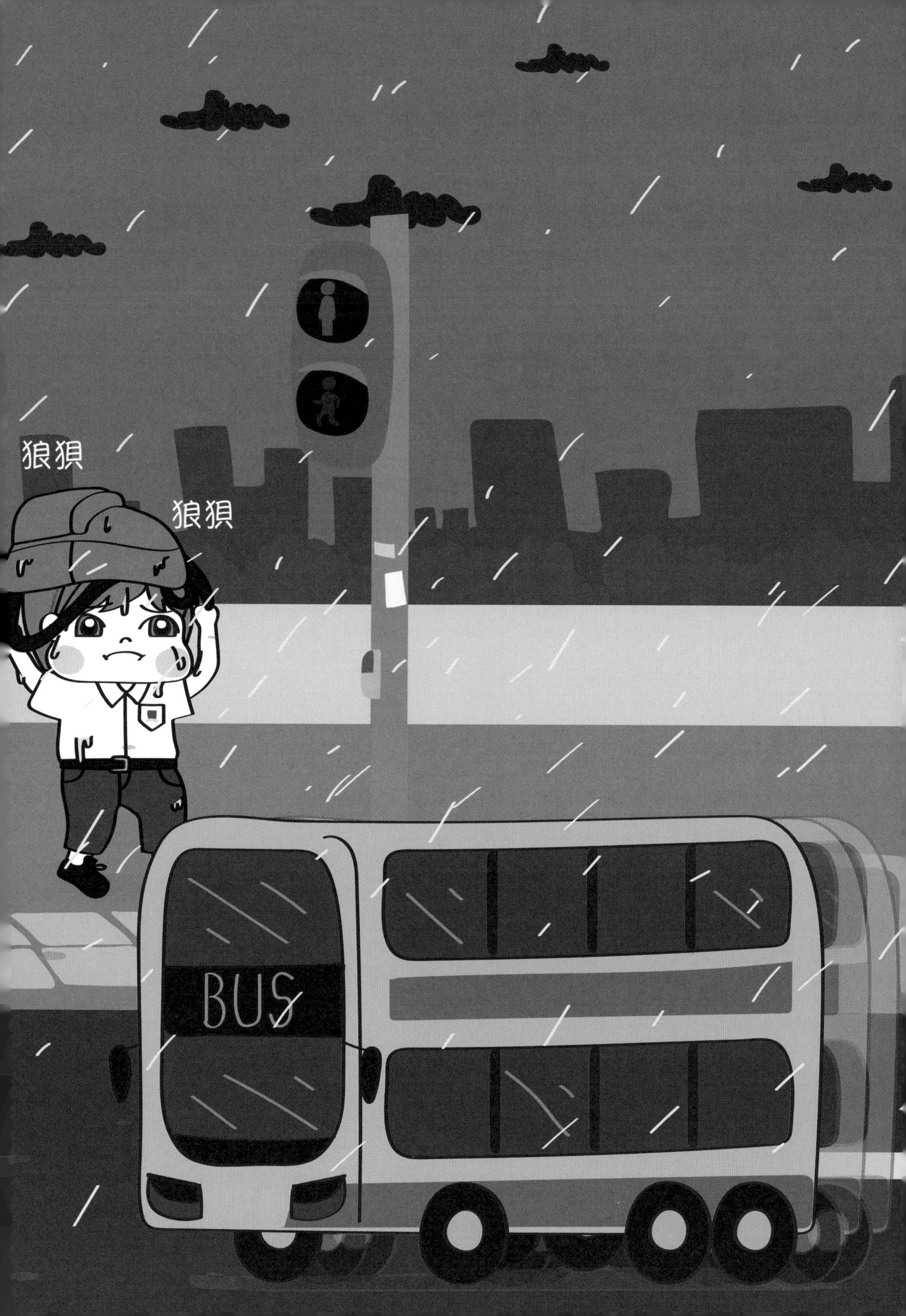
狼狽
狼狽
BUS

回到家後，小倫向父母講述今日的事件。

第三部

齊照顧老幼弱勢
拋開分化

愛里邨街市

小倫深思一會後，便鼓起勇氣上前向
鄰居自我介紹，詢問鄰舍是否需要幫助。

我叫小倫，與你們住同一層
的，需要幫你們手嗎？

小倫一邊幫陳生陳太拿著餸菜，
一邊跟陳太邊聊邊回家。

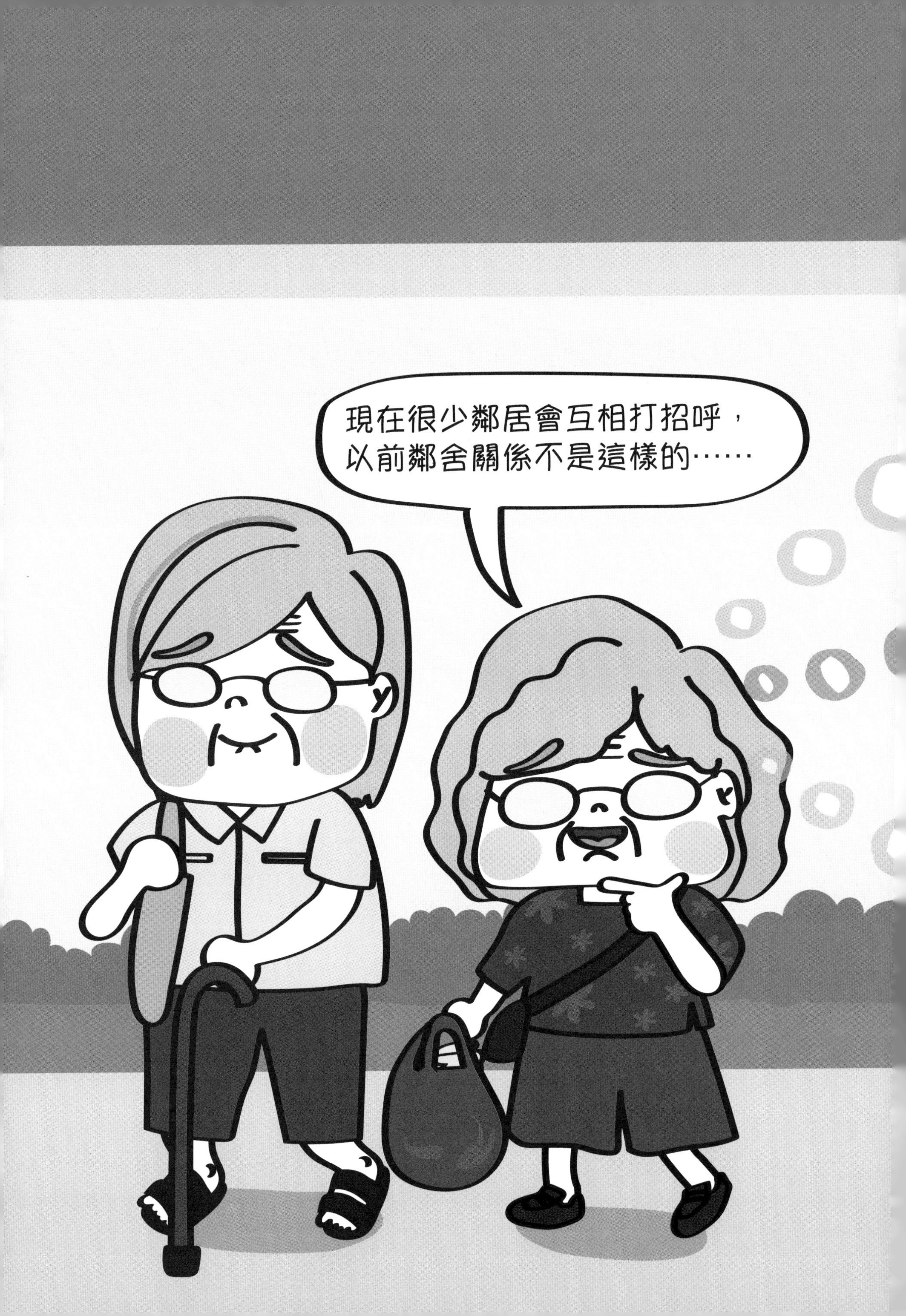
現在很少鄰居會互相打招呼，
以前鄰舍關係不是這樣的……

從前大家會互相打招呼，
大家都會知道各家的姓。

互相主動關懷。

間中有人煲了糖水、
製作節日食物都會互相送贈。

鄰舍間關係良好，會互相幫助，例如幫手買餸。

大哥哥和大姐姐會帶鄰居小弟弟一起返學。

第四部

打開鐵閘的阻隔

慢慢地小倫一家與其他鄰居關係都熟絡起來。

某日，小倫看到青年空間的網站招募鄰舍隊隊員，
決定去參與，推動鄰舍第一的關愛社區。

香港青年協會簡介（hkfyg.org.hk｜m21.hk）

香港青年協會（簡稱青協）於1960年成立，是香港最具規模的青年服務機構。隨著社會瞬息萬變，青年所面對的機遇和挑戰時有不同，而青協一直不離不棄，關愛青年並陪伴他們一同成長。本著以青年為本的精神，我們透過專業服務和多元化活動，培育年青一代發揮潛能，為社會貢獻所長。至今每年使用我們服務的人次接近600萬。在社會各界支持下，我們全港設有90多個服務單位，全面支援青年人的需要，並提供學習、交流和發揮創意的平台。

此外，青協登記會員人數已達50萬；而為推動青年發揮互助精神、實踐公民責任的青年義工網絡，亦有超過25萬登記義工。在「青協·有您需要」的信念下，我們致力拓展12項核心服務，全面回應青年的需要，並為他們提供適切服務，包括：青年空間、M21媒體服務、就業支援、邊青服務、輔導服務、家長服務、領袖培訓、義工服務、教育服務、創意交流、文康體藝及研究出版。

青協網上捐款平台
e·Giving

青協 App
立即下載

Giving.hkfyg.org.hk

香港青年協會「鄰舍第一」簡介

香港青年協會「鄰舍第一」是一項由青年帶動的社區關懷行動，結合青年領袖培訓、義工訓練、網上聯繫和地區協作四大元素，由年輕人重新啟動社區的新能量，以及鄰舍間守望互助的新文化。

「鄰舍第一」於2011年12月18日在特區政府律政司司長黃仁龍太平紳士和中央人民政府駐香港特別行政區聯絡辦公室副主任王志民先生主禮下，正式開展。啟動之初，已有逾1,500名14至35歲青年義工組成超過50支「鄰舍隊」，分佈於全港各區，持續在社區層面身體力行，推動此項饒富意義的行動。發展至今，本會已成立超過100支「鄰舍隊」，合共逾3,000位青年隊員，並成功獲得社區投資共享基金撥款$2,657,000進行為期三年的地區工作。

計劃目標：
　i. 促進鄰舍間的聯繫，減少社區上漠視和排斥的心態，提升社區的凝聚力；
　ii. 透過充權，成功增強青年人的自信，及強化社區參與的能力；
　iii. 聯繫不同界別協助，透過結網持續發展社會資本；
　iv. 透過網上平台加強地區資訊的交流，更能善用社區資源發揮互助精神；
　v. 配合資訊科技的發展，成功建立一個網上互助媒體，擴大彼此的支援和協助。

鄰舍團年飯
此盛事於每年農曆新年前定期舉辦，青協於全港18區進行，由青年帶動接待區內人士，以表達他們對鄰舍的友善關懷。團年飯對象主要為曾被鄰舍隊成員接觸探訪的有需要家庭及左鄰右里。為讓更多地區人士加深對「鄰舍第一」計劃的認識，屆時亦會邀請地區嘉賓，包括政府官員、區議員、學校校長、其他社福機構代表出席「鄰舍團年飯」，達致全城響應的效果。

鄰舍隊
100隊由青年領袖及義工組成的「鄰舍隊」已經成立。逾3,000位青年將在全港各區發起連串鄰舍關懷互助行動。未來鄰舍隊將持續擴充及增長，在各社區以具體服務與行動，推廣「鄰舍第一」的訊息。

鄰舍第一網站
全新網站 neighbourhoodfirst.hkfyg.org.hk 將提供全港各區鄰舍間最新及有用資訊，促進鄰舍間的互動聯繫，以及彼此分享關懷。

打開鐵閘

出版	：	香港青年協會
訂購及查詢	：	香港北角百福道21號
		香港青年協會大廈21樓
		專業叢書統籌組
電話	：	(852) 3755 7097
傳真	：	(852) 3755 7155
電郵	：	cps@hkfyg.org.hk
網頁	：	hkfyg.org.hk
網上書店	：	books.hkfyg.org.hk
M21網台	：	M21.hk
版次	：	二零二三年七月初版
國際書號	：	978-988-76280-6-4
定價	：	港幣100元正
顧問	：	何永昌
督印	：	呂慧蓮、胡偉全
編輯委員會	：	鄰舍第一工作小組
執行編輯	：	王韻姿
撰文	：	王韻姿
設計及排版	：	港妹
製作及承印	：	意永有限公司

The Gate Unbarred

Publisher	：	The Hong Kong Federation of Youth Groups
		21/F, The Hong Kong Federation of Youth Groups Building,
		21 Pak Fuk Road, North Point, Hong Kong
Printer	：	Idea Wing Company Limited
Price	：	HK$100
ISBN	：	978-988-76280-6-4